Analyse de l'œuvre

Par Alice Detober

Hortense et Queenie

Andrea Levy

lePetitLittéraire.fr

Analyse de l'œuvre

Par Alice Detober

Hortense et Queenie

Andrea Levy

lePetitLittéraire.fr

Rendez-vous sur lepetitlitteraire.fr et découvrez :

Plus de 1200 analyses
Claires et synthétiques
Téléchargeables en 30 secondes
À imprimer chez soi

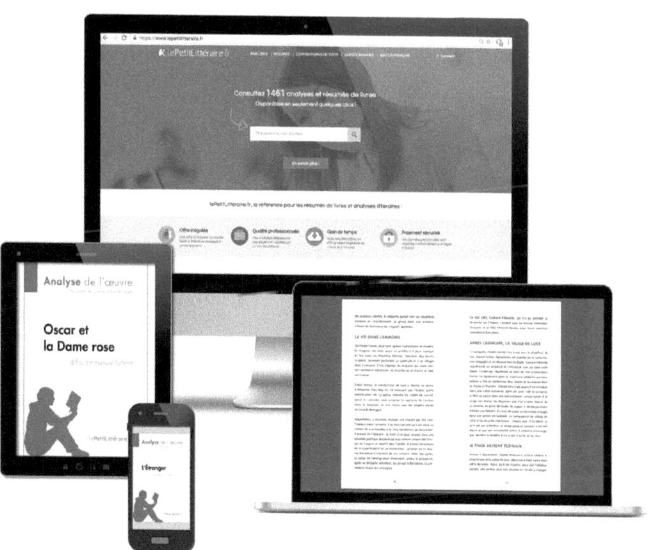

HORTENSE ET QUEENIE

UN ROMAN EN QUATUOR

- **Genre :** roman historique
- **Édition de référence :** *Hortense et Queenie* (2004), trad. de l'anglais par Frédéric Faure, Paris, Quai Voltaire, 2006.
- **1ʳᵉ édition :** 2004
- **Thématiques :** Seconde Guerre mondiale, immigration, racisme, Grande-Bretagne, Jamaïque, femmes.

Andrea Levy nous plonge en pleine après-guerre dans une Londres encore vacillante. Queenie Bligh vit au 21 Nevern Street, cette femme blanche est astreinte à louer les chambres de sa maison afin de survivre. Son mari, Bernard Bligh, employé de banque, est parti combattre en Inde avec la RAF, il est à ce jour porté disparu. Mme Bligh héberge plusieurs personnes de couleur, notamment un couple de Jamaïquains, Gilbert et Hortense. Elle a connu Gilbert à la fin de son combat avec la RAF. Il a décidé de rester en Angleterre et de subir le racisme. Espérant une vie meilleure, Gilbert a gagné sa vie pour faire venir sa femme, Hortense, de la Jamaïque à Londres.

Ce roman historique se déroule principalement par analepses, c'est-à-dire par des bonds en arrière, dans le temps passé. Chacun de ces quatre personnages raconte son histoire et ce qui l'a mené à rencontrer les autres personnages à Londres après la guerre. La vie des deux Jamaïquains est nettement différente de celles des Londoniens. Cependant, Bernard et Gilbert ont tous deux combattu pour la RAF. Quant à Queenie et Hortense, elles sont toutes deux issues d'un rang social inférieur et ont réussi à s'élever et à avoir une bonne éducation. Comment ces quatre personnages vont-ils réussir à cohabiter lorsque le retour de Bernard se fait imminent ? Quelle va être la réaction de Bernard quand il va voir sa femme entourée de personnes de couleurs ? Andrea Levy tresse un roman historique où chaque voix se fait entendre. Les discussions se rassemblent autour du thème central du racisme.

ANDREA LEVY

ÉCRIVAINE BRITANNIQUE D'ORIGINE JAMAÏQUAINE

- **Né en 1955 et morte en 2019 à Londres**
- **Quelques-unes de ses œuvres :**
  - *Every Light in the House Burnin'* (1994), roman
  - *Never Far from Nowhere* (1996), roman
  - *Fruit of the Lemon* (1999), roman
  - *The Long Song* (2010). *Une si longue histoire, trad.* par Cécile Arnaud, Paris, Éditions Quai Voltaire, 2010, roman historique

Andrea Levy a choisi pour son quatrième roman de s'interroger sur ses origines familiales, précisément sur la question de l'émigration des Jamaïquains en Grande-Bretagne. Elle est diplômée de textile et de tissage de Middlesex Polytechnic. Elle travaille dans le monde des costumes à la BBC et au Royal Opera House. La mort de son père est le déclencheur qu'elle attendait pour se mettre à l'écriture et renouer avec ses origines de femme noire jamaïquaine. L'autrice a éprouvé des difficultés pour trouver une maison d'édition qui voulait la publier. Son premier roman, *Every Light in the House Burnin'*, est un volet romancé de sa vie. *Hortense et Queenie*, son quatrième livre, retient toute l'attention du public et de la critique. Telles les touches d'un piano, Andrea Levy voulait écrire son histoire du point vue des Blancs et des Noirs. Son livre est honoré de plusieurs prix : en 2004, l'Orange Prize for Fiction et le Whitbread Book Award et un an plus tard, le Commonwealth Writers' Prize. *Hortense et Queenie* a largement été diffusé dans la sphère médiatique via, d'une part, un drame télévisé sur la BBC en 2009, et, d'autre part, avec une adaptation théâtrale au National Theatre en 2019 par la scénariste Edmundson. L'autrice reçoit également le prix Walter Scott pour son roman historique *Une si longue histoire* sur la question de l'esclavage en Jamaïque. Ce livre est également adapté pour la TV et diffusé sur la BBC en 2018. En Grande-Bretagne, *Hortense et Queenie* est considéré comme un bestseller et est le livre qu'Andrea Levy a le mieux vendu.

RÉSUMÉ

Dans le roman, la rencontre entre chaque couple et inter-couple au moment présent prend très peu de place en termes de pages par rapport à l'histoire qui est rapportée par analepses sur la vie de chacun. Les deux premières parties viendront donc retracer l'histoire vécue et racontée par chacun des personnages dans leur espace-temps personnel : la Jamaïque pour Hortense et Gilbert et l'Angleterre pour Bernard et Queenie avant la guerre. Les rencontres entre personnages se déroulent, elles, dans le temps de l'après-guerre. Gilbert retrouve d'abord Queenie, puis Queenie fait la connaissance d'Hortense. Enfin, Bernard revient au pays près de sa femme et rencontre les deux autres personnes.

DEUX JAMAÏQUAINS

Hortense Roberts est la fille d'un gouverneur outre-mer et d'une analphabète. Le cousin de son père, Philip Roberts, et sa femme Martha vont s'occuper d'Hortense. Ils ont un fils Michaël avec lequel Hortense se liera d'amitié. La grand-mère d'Hortense l'incite à parler anglais. Pendant l'adolescence, on conseille à cette jeune femme d'assister à l'éducation des jeunes enfants dans une école privée, à la tête de laquelle se trouve le couple Ryder. Quant à son cousin Michaël, il est envoyé en pension où il apprend énormément de choses et la foi semble s'être éloignée de lui. Hortense tombe follement amoureuse de son cousin, mais Michaël part en Angleterre dans le but de rallier la Royal Air Force.

Hortense gravit les échelons petit à petit, elle part à Kingston dans une école d'institutrices. Elle y rencontre son amie Celia Langley, celle qui lui vantera le rêve anglais. Hortense poursuit sa formation comme stagiaire pendant que les hommes de la RAF paradent en ville avant leur départ pour l'Angleterre. Lorsqu'Hortense est toujours à l'école supérieure, la directrice lui transmet une missive témoignant du fait que son cousin est considéré comme disparu au combat. C'est par l'intermédiaire de son amie Celia qu'Hortense rencontre son futur mari, Gilbert Joseph. Cet homme, Hortense l'a croisé lors d'une émeute. Il dit d'ailleurs l'avoir sauvée en la protégeant de celle-ci. Ce Jamaïquain était prêt à emmener Celia avec lui en Angleterre, mais celle-ci devait rester au pays s'occuper de sa mère folle. Grâce à l'argent que lui prête Hortense, Gilbert Joseph peut s'exiler pour l'Angleterre. En échange de cet argent, Hortense veut se marier avec Gilbert afin de s'exiler avec lui en Angleterre. Elle fait donc confiance à cet homme qu'elle connait depuis cinq jours en lui confiant son argent et en attendant un signe de sa part pour partir pour l'Angleterre.

Gilbert Joseph est issu d'une famille de neuf enfants. Il est Noir et juif par son père. Gilbert voulait faire des études de droit à l'université. Quand Gilbert intègre la RAF, il se bat donc principalement pour des blancs : les Anglais qui ne connaissent pas l'existence d'un royaume anglais hors Angleterre. À l'armée, Gilbert voulait être pilote de chasse ou technicien en chef. On lui a dit d'aller en Angleterre pour travailler à ces postes. On lui a aussi dit que les Anglais étaient des menteurs. Il est bien forcé de le constater. Personne ne veut de Gilbert dans la RAF. Ils prennent tous la présence d'un Noir dans les troupes comme une blague, et il est isolé des soldats blancs par l'armée américaine. C'est lors de son service que Gilbert apprend qu'il y a des villes dans lesquelles il peut se rendre et d'autres qu'il ferait mieux d'éviter, comme Lincoln. Il rencontre des soldats américains noirs, Jon et Levi, et les questionne sur cette ségrégation raciale. Ces deux soldats font un détour monstrueux pour aller dans une ville noire et éviter les soldats blancs. Les personnes que rencontre Gilbert semblent étonnées qu'il soit alphabétisé et poli. Un jour, Gilbert fait une rencontre somme toute bizarre, un homme le suit. Cet homme finit par lui donner un papier avec inscrit dessus « Arthur Bligh, si vous me trouvez, ramenez-moi au 21 Nevern Street » (p. 167). Gilbert ramène Arthur à Londres comme il est indiqué sur le papier et fait la connaissance de Queenie. Rapidement, une connivence s'installe entre cette dame et Gilbert. Elle l'invite à boire le thé, il l'invite à manger un bout en ville. C'est la guerre et la nourriture n'est pas abondante : ils doivent se partager un petit pain à deux. Des soldats américains sont frustrés de voir une Blanche raffinée trainer avec un Noir. Queenie propose à Gilbert et à Arthur, son beau-père, d'aller au cinéma. L'ouvreuse ne veut pas les faire assoir au même endroit : il y a une place pour les gens de couleur et une autre pour les blancs. Ils ne peuvent pas se mélanger, c'est formellement interdit. Queenie prend la défense de Gilbert et propose qu'il s'asseye entre elle et Arthur. Des bagarres commencent, car

Gilbert ne daigne pas s'assoir au fond de la salle, séparé de ses amis. Le gérant du cinéma demande que tout le monde sorte. Queenie tient la main de Gilbert, mais dans l'émeute générale, leurs mains se lâchent. La police américaine à cheval arrive et matraque les Noirs. Quelqu'un s'en prend à Gilbert. Finalement, Arthur Bligh reçoit une balle dans la mâchoire et meurt. Après cet épisode, Gilbert est balloté d'une ville à l'autre et il doit attendre la fin de la guerre pour rentrer en Jamaïque. En rentrant en Jamaïque, il se sent à l'étroit sur cette ile et rencontre Hortense. Il prépare son départ pour l'Angleterre.

DEUX LONDONIENS

Queenie est issue d'une famille de bouchers. Elle est allée à l'école avec des enfants de mineurs qui crevaient de faim. Un jour, elle rentre dans l'atelier de son père et voit son frère, Harry, découper de la viande. Elle s'évanouit. Elle devient végétarienne, ce qui est inconcevable pour son père. Sa tante Dorothy, la sœur de sa mère, va élever et éduquer Queenie afin qu'elle prenne ses distances avec sa famille. Queenie suit des leçons d'élocution et de maintien et travaille à la boutique de sa tante Dorothy. Régulièrement, un jeune homme vient acheter le *Time's* dans cette boutique. C'est Bernard, son futur mari. Après quatre mois de sortie régulière, Queenie dit à Bernard qu'ils devraient arrêter de se voir alors que celui-ci allait lui demander sa main. Il la raccompagne et à leur retour, ils trouvent la tante Dorothy morte. À son enterrement, Queenie revoit sa famille et sa mère lui dit qu'elle peut réintégrer le foyer. En guise de protestation, Queenie annonce avec surprise ses fiançailles avec Bernard Bligh. Bernard souhaitait que sa femme tombe enceinte et il ne voulait pas qu'elle travaille.

Avant le départ de Bernard pour la RAF, Bernard et Queenie se cachent à de nombreuses reprises dans l'abri construit par le père de Bernard. Alors que Bernard est engagé par la RAF, Queenie décide de fournir de l'aide en s'occupant des gens qui ont tout perdu. Dans la Nevern Street, le paysage est déformé, la maison du 30 est complètement détruite. Queenie veut prêter les meubles de sa maison dont elle ne se sert plus. Elle commence à héberger des soldats, principalement des personnes de couleur, pour avoir un revenu lorsque son mari est parti à la guerre. Michaël, le cousin d'Hortense, passe par chez Queenie pour vivre trois nuits de folie. Il oublie son portefeuille chez elle et elle essaye par tous les moyens de le retrouver pour le lui rendre. Elle subit une attaque au lance-roquette.

Bernard est entassé comme des millions d'autres soldats dans un train pour Bombay. Il va se battre contre les Japonais, en tant que membre de l'unité 298 de la RAF en section mécanique. Alors que la guerre est finie, Bernard souffre de dysenterie. Plus tard, il a quelques jours de permission à Calcutta, où il assiste à une émeute. Il éprouvera des difficultés à rentrer au pays rapidement, il sera même considéré comme disparu. Il était en effet en cour martiale et en prison.

LA RENCONTRE CULTURELLE

Lors de son deuxième départ pour l'Angleterre, Gilbert ne trouve aucun logement. Il décide donc d'aller frapper à la porte du 21 Nevern Street à Londres. Queenie l'accueille et lui loue la chambre sous le toit. Plusieurs autres locataires vivent chez Queenie : Winston, Kenneth, Jean... Hortense est la deuxième personne à rencontrer Queenie alors que Gilbert était censé venir la chercher au port, Hortense s'est débrouillée pour trouver son chemin jusqu'au 21 Nevern Street. Elle est abasourdie par l'étroitesse et le délabrement de la pièce dans laquelle Gilbert vit. Hortense aux gants blancs va devoir laver le sol, les légumes et ses fesses dans la même bassine. Pendant ce temps-là, Gilbert peine à trouver du travail. Personne ne veut d'un homme noir. Hortense s'essaye à la cuisine. Elle part avec Queenie faire des courses. À leur retour, Queenie découvre son mari Bernard sur le pas de la porte. Dès que Bernard apprend que sa femme a des locataires, et qui plus est des personnes de couleur, il veut que ces personnes quittent leur maison. Hortense veut elle aussi trouver un emploi et se confronte aux préjugés des Anglais. Bernard en vient aux mains avec Gilbert qu'il veut faire décamper de chez lui. Dans l'échauffourée, Queenie est blessée. Elle demande de l'aide à Hortense. Queenie cachait en fait sa grossesse, Hortense l'aide à accoucher. Mme Bligh accouche d'un bébé noir qui ne peut être l'enfant de Bernard. Ce dernier s'attaque à nouveau à Gilbert en pensant qu'il est le père de l'enfant, Hortense pense la même chose. Queenie explique alors son idylle avec Michaël Roberts. Pendant ce temps-là, Winston, un locataire, demande à Gilbert de surveiller sa maison de Finsbury Park en vivant sur place. Hortense et Gilbert ont enfin un endroit à eux pour vivre. Alors que les deux Jamaïquains s'apprêtent à quitter sans regret Earls Court, Queenie les invite à boire le thé comme dernier au revoir. Queenie donne au bébé le nom de « Michaël ». Elle demande et puis supplie Hortense et Gilbert de prendre avec eux cet enfant noir. Bernard se révolte en disant qu'il suffit de dire qu'ils l'ont adopté, mais Queenie veut que son enfant soit éduqué par les siens. Finalement, Hortense et Gilbert partent avec l'enfant.

ÉTUDE DES PERSONNAGES

QUEENIE BLIGH

Queenie est le premier enfant de Wilfred et Lilie Buxton. Elle a été baptisée sous le nom de Victoria. Sa mère était une fille de ferme « avec des mains qui pouvaient se serrer comme un étau, des bras forts comme ceux d'un ours et des hanches qui s'élargissaient chaque année à mesure qu'elles portaient des enfants » (p. 217-218). Du côté de son père, Wilfred, les hommes étaient boucher de génération en génération. Son père était plus vieux que sa mère et n'avait pas d'allure. Il avait toujours l'air étonné, était mal coiffé et avait de « grosses mains bouffies comme des jambons. Larges, roses et charnues, avec des doigts boudinés » (p. 218). Derrière la ferme se trouvait l'atelier de Wilfred où il avait établi sa boucherie. Queenie avait l'impression d'être différente par rapport aux enfants de son école qui étaient tout sales et n'avaient pas de chaussures. Elle pouvait aussi se montrer provocante avec ses camarades de classe, elle avait des diners qui ravissaient ses copains qui mangeaient peu. Queenie était douée à l'école. Plus tard, avec l'aide de ses parents, Queenie prépare des victuailles à offrir aux pauvres.

À la suite de l'épisode de la boucherie où Queenie a assisté à la mort et au dépeçage d'un animal, elle devient végétarienne. Son père la surnomme « Queen B ». Son éducation est alors prise en charge par sa tante Dorothy, elle s'éloigne de la ferme et apprend à être une dame raffinée en suivant des cours d'élocution et de maintien. Elle travaille aussi tous les jours dans la boutique de sa tante. C'est par l'intermédiaire de la boutique que Queenie va rencontrer Bernard. C'est un gentleman, mais il est très taiseux. Après quatre mois de rendez-vous réguliers, Queenie veut cesser leurs rencontres, mais un évènement inattendu change la donne. Ils retrouvent sa tante Dorothy morte. Queenie ne veut pas retourner vivre à la ferme chez ses parents, elle décide donc d'accepter de se marier avec Bernard. Ils vont vivre chez Bernard au 21 Nevern Street avec son père. Queenie ne prend pas plaisir aux relations sexuelles qu'elle a avec son mari. D'après le médecin, c'est pour cette raison qu'elle ne tombe pas enceinte.

Après plusieurs années calmes et presque ennuyeuses puisque Bernard interdit à sa femme de travailler, celui-ci est engagé dans la RAF. Queenie décide alors de prendre des locataires pour subsister. Elle rencontre des personnes de cultures différentes, notamment Michaël Roberts, son idylle, le père de son enfant à qui elle donnera le même nom. Queenie se pense veuve et vit la vie d'une manière plus légère, elle aide les autres et se sent utile. Lorsque son mari revient, c'est toute sa vie qui en prend un coup, à commencer par les reproches de son mari qui lui sont adressés à propos des locataires. Enfin, Queenie met au monde un petit bébé noir qui provoque la zizanie dans le ménage et dans la maison, car tous croient que c'est le fils de Gilbert. Elle décide finalement de laisser son bébé à Hortense et Gilbert après les avoir suppliés de partir avec lui.

HORTENSE ROBERTS

Hortense est la fille d'un noble, Lowels Roberts, qui est gouverneur outre-mer, et d'une analphabète, Alberta. Elle est d'abord éduquée par Mlle Jewel, sa grand-mère maternelle, et est ensuite confiée au cousin de son père, Philip Roberts. Elle vit avec lui, sa femme Martha et leur fils Michaël. Dès son plus jeune âge, Hortense est attirée par les enfants. Elle travaille en tant qu'assistante pour l'éducation des jeunes dans une école privée. Elle fait ensuite des études supérieures pour devenir institutrice. Elle y rencontre Celia Langley qui lui dit que son rêve est d'entendre la sonnerie d'une maison anglaise et de vivre là-bas. Elle rencontre Gilbert Joseph pour lequel elle n'éprouve que du dégout. Cet homme n'a rien de raffiné, mais il peut être la passerelle pour qu'Hortense puisse s'exiler en Angleterre. Elle décide donc de lui prêter son argent et ils se marient en vitesse pour conclure ce pacte.

Hortense est effrayée par la nudité, elle semble ne rien connaitre du corps de l'autre sexe ni de l'acte et encore moins du désir sexuel. À l'arrivée d'Hortense à Londres, elle dort d'ailleurs dans un lit séparé de celui de Gilbert. Hortense avait un rêve anglais, celui de l'émancipation, mais dans la rue, elle trouve les femmes anglaises peu élégantes et habillées de couleurs mornes. Ces femmes semblent tristes. Elle est confrontée au racisme lorsqu'elle cherche à travailler en tant qu'institutrice, elle tend son diplôme, mais personne n'y fait attention. Elle est une personne de couleur et ne trouvera pas de travail dans ce pays pour cette raison. Hortense, qui est décrite par Gilbert comme une personne prétentieuse avec son chapeau et ses gants blancs, en prend un coup à l'égo, son diplôme n'est pas recevable en Angleterre. Cela veut dire que si elle veut travailler, il lui faudrait refaire ses études ici. Gilbert tente de la réconforter, lui aussi est confronté au racisme ambiant. Quand ils apprennent la bonne nouvelle qu'ils peuvent profiter de la maison de Winston, ils n'attendent pas pour partir, mais Queenie leur réserve une surprise. Le fils à qui elle a donné la vie est un fils noir et cela lui collera à la peau toute sa vie. Cette mère préfère donner son enfant à Hortense et Gilbert pour qu'il vive avec ceux de la même couleur que lui. Hortense et Gilbert finissent par accepter de prendre ce bébé.

GILBERT JOSEPH

Gilbert Joseph vient d'une famille de neuf enfants. La famille est composée de deux garçons et de sept filles. Gilbert correspond à la définition du mot « anthropoïde » utilisé par Hitler. Ce terme désigne les juifs et hommes de couleur. Son père disait que le pire pour un homme était d'être juif comme lui. Son père était un représentant de commerce alcoolique. Sa mère, Louise, était fière d'avoir un mari blanc. Gilbert voulait faire des études de droit, mais il n'en a pas eu la possibilité. Il s'est engagé dans la RAF et est allé combattre pour la mère patrie, l'Angleterre. Il rencontre Queenie par l'intermédiaire d'Arthur pendant la guerre. Il relate les difficultés de l'époque pour un Noir d'aller voir un film au cinéma en étant assis à côté de deux blancs. Ce débordement va provoquer la mort d'Arthur. Pendant son combat et à son retour en Angleterre, Gilbert est confronté au racisme le plus anodin. Il a une faible estime de lui-même, mais quand il prend conscience qu'une femme a assez d'argent pour l'acheter, il pense ne plus rien valoir. Il trouve Hortense belle, mais prétentieuse. Il finit par se marier avec elle pour pouvoir retourner en Angleterre. Arrivé en mère patrie, il ne trouve aucun logement. C'est alors qu'il pense au 21 Nevern Street et devient le locataire de Queenie. Il vit dans le grenier, une pièce assez sale et vétuste. Il fait venir Hortense en Angleterre et vit des moments compliqués avec elle.

BERNARD BLIGH

Bernard Bligh est le fils d'Agnès et Arthur Bligh. À dix-neuf ans, son père a été appelé à combattre en France pendant la première Grande Guerre. Dès son retour de la guerre, Arthur est complètement changé. Au moindre bruit, il panique et défèque. Il n'est plus que l'ombre de lui-même. Agnès pensait retrouver son mari, elle a en fait gagné un enfant de plus (Arthur vivait dans la peur, il creusait des tranchées autour de la maison). Après l'école, c'est Agnès qui a été à la banque trouver un emploi pour Bernard. Elle est décédée très jeune d'un cancer. Lorsque Bernard rencontre Queenie, il vit seul à Earls Court avec son père Arthur. Queenie le décrit comme suit : il aime bien se promener, mais ne se confie pas plus. Lorsqu'il la rencontre, il tombe tout de suite sous son charme. Il veut lui demander sa main, mais sa demande se trouve avortée. Queenie lui dit qu'elle ne souhaite plus le voir. Grâce à un retournement de situation, Bernard se marie avec Queenie, car celle-ci préfère échapper à sa famille pour vivre une vie morne avec lui. Bernard souhaite ardemment être père, mais Queenie ne tombe pas enceinte. Plus tard, il s'engage aux côtés de la RAF et part combattre les Japonais, dans l'unité 298 en section mécanique. Lorsque la guerre est finie, Bernard souffre d'une dysenterie. Il est ensuite amené en cour martiale pour avoir perdu son arme alors qu'il devait monter la garde. Il faudra attendre quelques longs mois pour qu'il retourne chez lui, retrouver sa femme et sa maison.

CLÉS DE LECTURE

DEUX JAMAÏQUAINS EN QUÊTE D'UNE VIE MEILLEURE EN MÈRE PATRIE

Gouffre entre la réalité imaginée et vécue

« Retourner en Angleterre était bien plus qu'une ambition pour Gilbert Joseph. C'était une mission, un appel, et même une sorte de devoir » (p. 101). Gilbert, à l'instar d'Hortense, idéalise l'Angleterre et voit en elle une vie meilleure. Gilbert a d'ailleurs eu un échange avec des soldats américains au sujet de la mère patrie. Ces soldats ne comprennent pas l'expression utilisée par Gilbert, ils lui demandent donc qui est sa mère. Ils se posent des questions sur la position géographique de la Jamaïque : fait-elle partie de l'Angleterre ? Gilbert leur répond que la Jamaïque fait partie de l'Empire britannique. Les soldats sont complètement ignorants par rapport à cette notion. Ils ne comprennent pas que les Jamaïquains sont les sujets des Britanniques, comme l'explique Gilbert. Gilbert résume donc l'échange en ces mots : « La Jamaïque est une colonie. La Grande-Bretagne est notre mère Patrie. Nous sommes britanniques, mais nous vivons en Jamaïque » (p. 157-158).

Dans l'encyclopédie Universalis, « mère patrie » revêt deux sens : le territoire où l'on est né ou le pays colonisateur pour les colonisés, c'est-à-dire la nation dont on se sent faire partie. Ce qui se joue dans la tête de Gilbert et ce qu'il tente d'expliquer aux soldats américains n'est que symbolique. Gilbert est un Noir jamaïquain et son peuple a été colonisé par les Anglais. À partir de ce raisonnement, il reconnait une parenté entre la Jamaïque et l'Angleterre. À l'heure actuelle, on parle beaucoup de colonisation et on s'intéresse à comment en parler, quelles sont les réactions des colonisés et des fils de colons. Pour Gilbert, en pleine guerre, il faut prendre les armes et se battre pour l'Angleterre, ce pays qui a colonisé les siens. Son raisonnement peut paraitre quelque peu paradoxal. Encore une fois, tout se joue dans ses schémas de pensée, il idéalise l'Angleterre, sa mère Patrie, et il imagine qu'elle est capable de lui donner davantage que la Jamaïque. On le sent dans l'échange avec les soldats américains, Gilbert provoque l'étonnement : qui est cet homme de couleur qui se bat pour l'Angleterre ? Quand il essaye d'expliquer et de démontrer sa parenté à l'Empire britannique, Gilbert se heurte à de l'incompréhension. Son amour pour la mère Patrie est incompris. De plus, un grand paradoxe se dessine entre la réalité imaginée et la réalité vécue où le racisme est anodin. Gilbert n'est pas le seul à mythifier l'Angleterre, c'est le cas d'Hortense aussi. Par le biais de Celia Langley, une camarade de classe, Hortense se plait à rêver d'une vie meilleure en Angleterre. C'est son amie qui lui a transmis ces pensées idéalistes sur l'Angleterre. Celia rêve de posséder une maison en Angleterre avec une sonnette la prévenant de futurs visiteurs.

Hortense a l'impression qu'elle réalise le rêve d'une autre. Son rêve est réalisé, elle est arrivée en Angleterre. Et pourtant, à son arrivée, il n'y a que désillusions. Elle s'exclame : « c'est comme ça que les Anglais vivent ? »

(p. 29). Elle vit dans une mansarde insalubre, vétuste et étroite. Elle trouve les Anglaises mornes, insipides, habillées de vêtements peu colorés.

Un combat de tous les jours pour l'intégration

Même lorsque Gilbert veut combattre aux côtés des Anglais et des Américains, il n'est pas intégré. Un Noir parmi des troupes blanches n'est pas bien vu. Le soldat afro-américain prévient Gilbert : « l'armée américaine est très stricte sur le fait de séparer les Noirs » (p. 159). Les deux soldats américains veulent rencontrer leurs copines à Nottingham alors qu'elles vivent à Lincoln. Gilbert propose de les déposer à Lincoln et il ne comprend pas pourquoi ils doivent aller si loin pour les rencontrer.

Gilbert apprend donc qu'il y a des villes pour les Blancs et d'autres pour les Noirs et qu'il faut respecter cette ségrégation sinon cela serait dangereux pour toute personne frôlant l'interdiction. Il s'agit donc d'une ségrégation raciale par la donnée géographique. Ce Jamaïquain pensait à tort que les Anglais ne fonctionnaient pas comme les Américains. Un autre évènement vient renforcer la ségrégation qui est déjà bien ancrée en terre mère : Queenie invite Gilbert à les accompagner elle et Arthur au cinéma. L'ouvreuse indique de suite à Gilbert qu'il doit s'assoir à l'arrière de la salle. Tous les trois s'en vont donc au fond de la salle. L'ouvreuse précise que c'est Gilbert qui doit s'assoir à l'arrière, Arthur et Queenie doivent, eux, s'assoir à l'avant de la salle. Les trois compères désirent s'assoir côte à côte. L'ouvreuse mentionne les règles en vigueur et veut prôner leur bon respect. Le trio, ne comprenant pas bien la portée de ces règles, décide de résister. Ils sont venus voir un film à trois, ils ne vont tout de même pas se disperser dans la salle. Gilbert décide donc de s'assoir à l'avant de la salle, ou plutôt de rester debout, ne sachant pas où s'assoir, en guise de protestation. L'ouvreuse va même jusqu'à éclairer les places de l'arrière de la salle et Gilbert voit des personnes de couleur éblouies par la lumière. L'ouvreuse devient de plus en plus explicite quant aux règles : « Toutes les personnes de couleur vont dans les rangs du fond ». La ségrégation raciale est donc prônée dans le cinéma sous prétexte que les Blancs ne voudront pas se mêler aux Noirs. Gilbert lance une véritable protestation où Blancs et Noirs se crêpent le chignon. Le gérant du cinéma finit par faire sortir tout le monde et une émeute s'ensuit. Cette révolte aura pour conséquence de faire des victimes : Arthur Bligh, homme blanc, se prendra une balle en pleine mâchoire.

Gilbert comme Hortense éprouvent tous deux des difficultés à s'intégrer professionnellement puisque leur couleur de peau cause irrévocablement l'indifférence des Anglais et leur non-intégration au sein de n'importe quel poste. Gilbert, qui avait des projets d'aviateur, finit conducteur pour la poste. Quant à Hortense, détentrice d'un bachelier en tant qu'institutrice, elle se voit refuser tous les postes d'instituteur sous prétexte que les diplômes n'ont pas la même valeur d'un pays à l'autre. Gilbert évoque le fait qu'il faisait partie de la RAF, mais l'indifférence générale gagne. Leurs projets ambitieux de personnes civilisées et éduquées se voient anéantis par les préjugés et stéréotypes des Anglais. La société anglaise est raciste et opprime les étrangers, ne leur laissant aucune possibilité de s'épanouir en leur terre.

Par le biais de conversations entre Queenie et son voisin Mr Todd, on apprend qu'un couple du voisinage, les Smith, déménage, car leur quartier commence à ressembler à une jungle. Ils étaient pourtant terriblement attachés à leur maison, mais l'invasion par les personnes de couleur ne les fait pas se sentir en sécurité chez eux. Queenie défend ses locataires. Il est vrai que ce sont des personnes de couleur, mais cela n'impacte pas leurs bonnes manières. Mr Todd relate un autre épisode à Queenie. Sa sœur aurait été victime d'un incident selon lui, elle a dû descendre du trottoir pour laisser passer une « négresse ». Mr Todd insiste donc sur les bonnes manières que devraient avoir les négresses pour que ce genre de situations ne se reproduisent pas.

Mr Todd symbolise la figure typique du colon qui veut éduquer le colonisé selon ses règles. En raison de leur couleur de peau, les Noirs doivent descendre du trottoir et céder leur place aux blancs, comme ils doivent rester debout dans les transports en commun, etc. Tout cela nous rappelle une certaine histoire, celle de Rosa Parks.

LE COUPLE BLIGH : DEUX PROFILS FACE AU RACISME ANGLAIS

Queenie Bligh provient d'une famille de fermiers et de bouchers à qui l'on a collé le stéréotype de personnes pauvres intellectuellement, ne sachant raisonner que par rapport à leur propre réalité. Dès le prologue, la toute jeune Queenie se rend à une exposition sur la Grande Guerre à Londres, et elle pense être allée en Afrique. Enfant malicieuse, elle se pose des questions sur les points ornant la tête des femmes. Alors qu'une femme lui conseille d'aller leur demander la signification, sa mère déconseille sa démarche au cas où il y aurait un risque de contagion. À ce stade, on peut se demander si c'est de l'ignorance ou du racisme. Lors de cet évènement, Queenie est surprise en voyant pour la première fois un homme sculpté en chocolat, un Africain. Il est poli et civilisé, il parle même anglais. Son père lui explique que cet homme à qui elle a serré la main doit être un prince africain puisqu'il parle anglais grâce à l'apprentissage des missionnaires blancs.

Le discours proféré est fondamentalement raciste, mais on ne peut pas l'imputer à Wilfred Buxton en raison de son peu d'éducation. Il est difficile dans ce cas de désigner une individualité comme étant raciste alors que si l'on se remet dans le contexte de l'époque, c'est toute la société qui est raciste. La société anglaise dans l'après-guerre est encore pleine de préjugés et de stéréo-types vis-à-vis des Africains, malgré le fait que certains, comme les Jamaïquains, ont combattu à leurs côtés, pour eux. Étant donné le milieu dans lequel Queenie a grandi, on aurait pu s'attendre à ce qu'elle soit catégoriquement raciste, mais il est un fait qui vient tout changer : la guerre. Lorsque son mari part au combat, Queenie se retrouve seule à aider les autres, mais elle aussi manque d'argent pour subsister. Elle décide alors de prendre des locataires et de louer les nombreuses chambres de la maison familiale de Bernard. La couleur de peau n'est pas un critère de sélection pour Queenie, mais elle sait que les personnes de couleur sont souvent exclues et rencontrent des difficultés à trouver un logement. Elle décide alors de gagner de l'argent sur cette différence en leur faisant payer davantage pour ces chambres qu'elle sera la seule à leur proposer. En dehors de cet aspect calculateur, Queenie semble peu raciste. Elle est intégrée dans une société raciste dans laquelle elle ne remet pas systématiquement en question les règles, sauf si celles-ci la concernent. Par exemple, lors de l'épisode du cinéma, Queenie prend la défense de Gilbert et est outrée du déroulement des faits. Lors des conversations avec Mr Todd, elle défend ses locataires et propose à son voisin de leur dire les règles lui-même. Queenie se dissocie de la figure du colon. Elle sait qu'il y a des règles implicites, mais elle n'en tient pas rigueur. Elle comprend le système de la société comme il est sans pour autant le remettre en question. Elle est davantage attentive aux apparences que le système peut renvoyer. Par exemple, ça ne la dérange pas d'avoir une aventure avec un Noir, elle projette même de partir avec lui s'il lui demande, mais lorsqu'elle accouche d'un bébé noir, elle trouve cela compliqué pour une femme blanche d'éduquer un enfant noir. Elle préfère, pour rentrer dans le moule, donner son enfant à deux Noirs civilisés plutôt que de se faire passer pour une Blanche éduquant un enfant noir. Ce comportement aux yeux des autres serait désigné comme trop contestataire. En résumé, Queenie ne présente pas une invidualité raciste, mais se sent appartenir à un système raciste.

Bernard se situe un cran au-delà de sa femme, qui accepte les différences, mais pas les cancans. Il veut expliquer aux Noirs les bonnes manières qu'ils doivent adopter. Par exemple, selon lui, c'est à Hortense à descendre du trottoir s'il y a deux Blancs qui arrivent à son niveau. Alors que sa femme tempère les moments d'agitation, Bernard les crée. Lorsque ce soldat blanc revient de la guerre et qu'il trouve des locataires de couleur dans sa maison, il veut tout de suite que ces personnes partent de chez lui. Il n'approuve pas ce que sa femme a fait et considère que c'est du passé. Mais Gilbert a signé un contrat, il est désormais chez lui également. Bernard ne peut pas concevoir que d'autres personnes, qui plus est des personnes de couleur, s'approprient son « chez lui ». Bernard se sent supérieur à ces personnes de couleur, Gilbert le soulignera dans leurs échanges. La raison de sa supériorité réside dans sa couleur de peau blanche qui le fait sentir supérieur. Comme Gilbert le souligne, ça le fait juste passer pour un idiot.

Bernard traite les Noirs de « sauvages » et ne manque pas de se bagarrer avec Gilbert, que ce soit pour qu'il parte de chez lui ou parce qu'il pense que c'est lui qui a engrossé sa femme. Contrairement à sa femme, Bernard est l'archétype de la société raciste. Il représente le modèle du parfait petit colon qui respecte les règles sans vouloir les remettre en question, car il ne peut pas tolérer l'exception ni la compassion. Paradoxalement, il est moins attentif aux apparences puisqu'il souhaite ce bébé noir qui n'est pas le sien. Il propose à Queenie de mentir en disant qu'ils l'ont adopté, mais elle lui rétorque que le jour où le bébé grandira, il ne supportera pas d'avoir l'enfant d'un autre sous ses yeux. Par dépit et manque de caractère, il laisse Hortense et Gilbert partir avec ce bébé.

MALGRÉ LES DISCORDES, DES POINTS COMMUNS ENTRE CHAQUE COUPLE

S'élever de son rang social

Queenie et Hortense s'élèvent de leur rang social. Queenie est une fille de boucher qui apprend les bonnes manières par l'intermédiaire de sa tante Dorothy et accède à la haute société en vivant à Earls Court à Londres avec Bernard. Hortense est la fille d'une pauvre analphabète avec qui son père a péché une fois. Son père est un gouverneur, un grand noble. Elle bénéficie d'une éducation via le cousin de son père. Elle fait des études d'institutrice et croit pouvoir s'élever encore plus en s'exilant en Angleterre. Ce n'est pas sa liaison avec Gilbert qui va lui permettre de s'élever davantage, lui qui voulait également devenir aviateur plutôt que simple conducteur.

Mariage forcé par la convenance

Le couple Hortense/Gilbert est fondé sur l'argent. En effet, ils concluent un pacte qui les lie par rapport à l'argent que Hortense a donné à Gilbert. En échange de cet argent, ils seront mariés et Gilbert devra trouver des moyens pour qu'Hortense vive à ses côtés en Angleterre.

Le mariage des Bligh n'est pas non plus un mariage de cœur. Bien que les circonstances dans lesquelles ils se sont rencontrés se rapprochent de celui-ci, Queenie avait fait avorter la demande de Bernard avant même qu'il ne la verbalise. C'est seulement quelques heures plus tard, à la découverte du corps de sa tante, que Queenie a compris qu'elle était prise au piège. Elle n'aurait pas le choix de retourner dans sa famille. Queen B annonce donc son mariage avec Bernard lors de l'enterrement de sa tante. Elle voit ce mariage comme une tentative d'évasion du milieu familial, et même si elle sait qu'elle est vouée à une vie morne avec un homme taiseux, elle préfère toutefois cette possibilité. Ensuite, Bernard voulait que sa femme lui donne un enfant. Quelle ironie du sort que sa femme tombe enceinte d'un autre. Rien dans leur couple ne leur permet de renforcer leurs liens.

Ces deux couples que tout oppose se trouvent liés par un mariage par la convenance. Mais sont-ils heureux ? Le lecteur croit davantage au couple naissant de Gilbert et Hortense. Qui plus est, le bébé pourrait créer des liens !

PISTES DE RÉFLEXION

QUELQUES QUESTIONS
POUR APPROFONDIR SA RÉFLEXION...

- Quel est le portrait de l'Angleterre dépeint par Hortense et Gilbert ? Est-il en adéquation avec l'Angleterre qu'ils découvrent ? Expliquez.

- Effectuez un portrait croisé de Bernard Bligh et de son père Arthur Bligh. Quels sont les points communs, les divergences ? Quelles conséquences la guerre a-t-elle sur leur comportement ? Expliquez.

- Définissez l'expression « Mère Patrie ». Pourquoi Gilbert évoque-t-il celle-ci ? Qu'est-ce ça nous permet de comprendre dans son cas ? Donnez des exemples d'autres pays qui pourraient citer cette expression et comparez-les avec l'exemple de Gilbert (Portugal/Brésil, Belgique/Congo, etc.).

- En quoi les profils de Bernard et de Queenie sont-ils distincts par rapport à la notion de racisme ? Expliquez.

- Retracez le parcours effectué par Gilbert et celui réalisé par Bernard du point de vue géographique. Ont-ils pris part à la même guerre ? Quels sont leurs points communs et divergences en rapport avec leurs trajets ?

- Pourquoi Mlle Bligh ne peut-elle pas garder son bébé ? Que fait-elle ? Expliquez en quoi Hortense a une parenté avec le bébé.

- Comment les jeunes femmes, Hortense et Queenie, ont-elles réussi à s'échapper et s'élever de leur milieu ? Expliquez.

- Quelle est la proportion de scènes (temps présent) par rapport à celle des analepses (retours en arrière, flashback) dans le récit ? Pourquoi cette dis/proportion est-elle en vigueur ? À quoi sert-elle ? Expliquez.

- Relevez les mots décrivant les Africains dans ce récit et compilez-les dans un tableau. Quelle vue d'ensemble obtenez-vous et quelles conclusions pouvez-vous en tirer ?

- Quel lien pouvez-vous faire entre l'autrice Andrea Levy et le livre en question ? Pourquoi s'est-elle intéressée à ces thématiques précises ? Justifiez.

POUR ALLER PLUS LOIN

ÉDITION DE RÉFÉRENCE

- LEVY A., *Hortense et Queenie* (2004), trad. de l'anglais par Frédéric Faure, Paris, Quai Voltaire, 2006.

ÉTUDES DE RÉFÉRENCE

- BRACE M., « Andrea Levy : Notes d'une petite ile », *L'Indépendant,* 12 juin 2004.

- PHILLIPS M., « La manœuvre des racines », *Le Gardien,* 2004.

- SALANDY-BROWN M., « Andrea Levy 'ce n'était pas une petite histoire' », in *Caribbean Beat,* numéro 70 (novembre/décembre 2004).

Votre avis nous intéresse !
Laissez un commentaire sur le site de votre librairie en ligne
et partagez vos coups de cœur sur les réseaux sociaux !

LePetitLittéraire.fr

- un résumé complet de l'intrigue ;
- une étude des personnages principaux ;
- une analyse des thématiques principales ;
- une dizaine de pistes de réflexion.

**Retrouvez
notre offre complète sur
lePetitLittéraire.fr**

ISBN version numérique : 9782808027014
ISBN version papier : 9782808027021
Dépôt légal : D/2021/12603/191

Conception numérique : Primento,
le partenaire numérique des éditeurs.